AF452335

CHAMBRE
DU TIERS-ÉTAT
DE LA VILLE DE PARIS.

OBSERVATIONS

*Faites à l'Assemblée de ELECTEURS DE
L'ORDRE DU TIERS-ÉTAT, Séant
à l'Archévêché, le Dimanche 10 Mai
1789, par M. JALLIER DE SAVAULT,
Architecte, ancien Pensionnaire du Roi,
de l'Académie de Rome & l'un des Electeurs, sur un Article du Cahier, concer-
nant les nouveaux Hôpitaux.*

L'ARTICLE PORTOIT, *seront les quatre
Hôpitaux construits les plus promptement possible, &c.*

MESSIEURS,

Je vous demande, au nom de nos Frères
pauvres & souffrants, quelque momens de

votre attention, pour entendre & juger les objections que j'ai à propoſer contre cet Article du Cahier, & que vous trouverez peut-être importantes.

J'eſtime & je reſpecte infiniment la perſonne, les talens & les vues de MM. les Académiciens, qui ont fait la propoſition des quatre Hôpitaux (*); mais je ne puis diſſimuler que mon opinion diffère infiniment de la leur, parce que m'étant par état & par goût occupé ſérieuſement de cet objet; j'ai conſidéré que depuis le rapport de l'Académie les poſitions ſont bien changées, que les dons des Citoyens ſe ſont trouvés fort au-deſſous des eſpérances, & qu'enfin un nouvel ordre de choſes allant s'ouvrir,

____

(*) Je ſaiſis avec ardeur l'occaſion de rendre un hommage particulier à M. Bailly, que le vœu unanime des Electeurs de Tiers-Etat de Paris a fait notre premier Député.

(5)

j'ai cru que de nouvelles vues pouvoient être préfentées, & une autre manière d'opérer offerte, fur-tout, fi elle peut produire le même bien par des moyens plus fimples & plus proportionnés à nos facultés actuelles.

La première objection à faire contre les quatre Hôpitaux, eft l'énorme dépenfe qu'ils entraîneront ; les plus moderés d'entre nous l'évaluent de 15 à 16 millions, les autres la portent au moins à 20 millions, & je vous avoue que dans le moment où nous venons de décider la confolidation de la dette Nationale, le comblement du déficit, le remboursement de toutes les Charges, la fuppreffion de toutes les branches actuelles du revenu de l'Etat, je n'ai pû me défendre de quelqu'inquiétude, & j'ai appréhendé qu'après ces vaftes opérations, notre Caiffe Nationale ne fe trouvât dans un état d'épui-

A 3

fement, qui ne nous permît pas de fuivre les mouvemens de notre fenfibilité, & de folder l'engagement facré que nous avons pris vis-à-vis du pauvre.

Et remarquez que la difpofition adoptée pour les Hôpitaux, en les divifant en une quantité de Bâtimens ifolés, outre l'inconvénient de multiplier les fatigues du fervice & la difficulté des fecours, a encore celui d'augmenter la dépenfe ; parce que ces Bâtimens ifolés, chacun fur quatre côtés, multiplient les façades qui, même dénuées de tout ornement, font infiniment plus coûteufes que les murs de refend.

Il y a plus, Meffieurs, & ce que je vais vous dire dois augmenter l'inquiétude fur la dépenfe ; un évenement arrivé à l'Hôpital de Ste.-Anne pouvoit renverfer tous les

devis & tous les apperçus donnés au Gou‑
vernement;

Le voici:

En se disposant à fouiller les fondations,
on s'est apperçu qu'on étoit sur d'anciennes
carrières, qu'on alloit bâtir sur le vuide,
& qu'une partie de l'édifice risquoit d'être
un jour engloutie tout entière avec ses ha‑
bitans ; il a fallu aussitôt courir au plus
pressé, descendre dans les carrières, faire,
à plus de deux cent pieds de profondeur,
des ouvrages de Maçonnerie fort coûteux,
& fonder, pour ainsi dire, les fondations
du Bâtiment dans une partie de l'Hôpital.

Pour prouver la vérité de la dépense que
j'annonce avoir été faite à Ste.-Anne, & qui
auroit pû être excessite, il est, je crois,

effentiel d'inftruire l'Affemblée, de la manière dont on s'y prend, pour affurer la fo-
lidité d'un bâtiment que l'on établit fur un
terrein excavé par des carrières ; on forme
dans les entrailles de la terre, en murs
d'une forte épaiffeur & de la hauteur né-
ceffaire pour atteindre le ciel de la carrière,
les mêmes diftributions, les mêmes divifions
que l'Architecte a tracées fur le Plan qu'il
fait exécuter. Vous voyez de-là, Meffieurs,
quelle énorme dépenfe préliminaire il auroit fallu faire, fi la totalité du Bâtiment
fe fut trouvée dans cette effrayante pofi-
tion, & qu'il pouvoit arriver que l'on auroit dépenfé, au feul Hôpital de Ste.-Anne,
avant feulement d'atteindre les fondations,
la fomme entière, vôtée par les Citoyens,
tandis que ceux-ci n'auroient pas même
foupçonné qu'on s'occupoit de ce Bâtiment !

La seconde objection porte sur le choix du local.

Nous avons vu poser en principe , dans le Mémoire de l'Académie, & plus particulièmen dans l'Ouvrage de M. Tenon , l'un des Commissaires , qu'une des premières données pour le choix d'un terrein propre à un Hôpital , est qu'il soit placé , s'il est possible , sur un grand courant d'eau ; que cette abondance d'eau produit plusieurs effets avantageux , entr'autres celui de nétoyer l'Hôpital de ses immondices , d'y laver continuellement l'immense quantité de linge qu'on y employe , enfin d'en renouveller & purifier l'air par le mouvement & l'évaporation.

Or , Messieurs, les quatre Hôtaux ont été placé dans les quatre endroits les plus secs, lés plus arides & les plus dénués d'eau de tout Paris.

Celui de Saint-Louis , entr'autres , & j'en attefte tous ceux qui habitent ce Quartier , répand, dans les chaleurs de l'Eté , une vapeur infecte à une grande diftance de fon enceinte ; le peu d'eau qui l'abreuve , n'étant capable , ni de laver les égoûts de l'Hôpital, ni de fervir de Ventilateur , pour en purifier l'air, ftagne , fermente, fe corrompt & ajoute des principes de mort à ceux que les malades portent déjà dans leur fein.

Le nombre de Malades que recevront les Hôpitaux eft la troifième objection.

Ne nous faifons point illufion, Meffieurs, il eft impoffible que 1000 ou 1200 Malades, conduits par le même Etat-Major , foient également bien traités, qu'ils foient fervis ponctuellement à l'heure du befoin , qu'ils reçoivent les médicamens aux inftans précis, où leur effet doit aider la Nature ; qu'enfin la furveillance foit auffi févére que s'ils n'étoient que deux ou trois cent, nombre même déjà effrayant., quand on confidère le minutieux, pour ainfi dire , des détails qu'un feul malade exige : auffi , confultez les Chefs des Hôpitaux militaires du fervice de terre ou de la Marine, les Officiers qui les ont infpectés , tous fe réuniffent à dire que paffé 300 Malades, quelques foins que l'on fe donne, & quelque foit la quantité de gens que l'on employe à leur fervice, il y a infiniment de méprifes & de confufion.

Voilà les maux, Meffieurs : voici le re-mède que je propofe.

Tous les Cahiers , & les Nôtres auſſi , demandent unaniment la ſuppreſſion ou la réunion des Couvens d'hommes & de femmes inutiles à la ſociété.

Inſiſtons ſur l'exécution de cette idée , transformons les bâtimens qu'ils vont abandonner en *Hoſpices* pour les malades des deux ſexes ; il n'eſt qu'une voix ſur les avantages des Hoſpices, ſur les Hôpitaux ; celui que la bienfaiſante compagne du Miniſtre des Finances a elevé au milieu de nous, en eſt une preuve frappante ; ceux-ci ſe trouvent placés naturellement dans chaqué Quartier , dans chaque Paroiſſe ; ils ont déjà de vaſtes Bâtimens, des Dortoirs, des Infirmeries, des Baſſe-Cours , des Jardins plantés , & fourniſſant aux convaleſcens une promenade néceſſaire : de-là réſulte l'avantage inappréciable de rendre la dépenſe plus proportionnée à nos moyens, de mettre les malades en état de jouir plus promptement du foulagement que nous leur devons, & de leur procurer le plus grand de tous les bienfaits, bien ineftimable ! & dont nous fentons fi vivement le prix, quand la maladie nous frappe, celui de refter au milieu de fes connoiffances, de fes proches, d'être à portée d'en recevoir des fecours, des foins & des confolations, les plus efficaces de tous les remèdes.

Que les états de dépenfe & de recette en foient publiés annuellement; que des Adminiftrateurs, nommés par leurs Concitoyens les dirigent, que ces places foient la récompenfe de la bonne conduite, & le chemin des honneurs municipaux ; mais fur-tout qu'ils foient furveillés & fouvent vifités par les Curés dans chaque Paroiffe : à l'indigent qui souffre , la présence de son Pasteur est l'apparition d'un Ange tutélaire ; il voit en lui un être céleste qui lui ramène l'espérance , la seule amie du pauvre , qui lui annonce de la part de l'Eternel, un autre Univers, où il trouvera une justice qu'on lui refuse ici, un monde où il ne connoîtra plus ni mépris, ni oppresseurs , ni opprimés , où il n'aura plus besoin de bienfaits , de Bienfaiteurs , ni d'Hôpitaux ; car, prenez-y bien garde, Messieurs, le pauvre a peut-être souvent plus besoin de consolations que de secours.

Je n'ai plus à présent qu'un mot à ajouter, & il est important :

C'est qu'il est, je crois, possible d'exécuter ces Hospices avec les fonds qu'a produit la charité publique , sans avoir besoin d'autres secours.

Voilà, Messieurs, ce que j'avois à vous proposer; si vous l'adoptez, je vous prie de changer l'article de vos Cahiers qui porte impérativement la construction de quatre Hôpitaux , & d'y substituer celui-ci :

« L'Assemblée municipale de Paris sera
» chargée de s'occuper sur le champ des
» nouveaux Hôpitaux, & d'examiner lequel
» sera le plus avantageux d'établir des Hos-
» pices dans les Couvens à supprimer , ou
» de construire les Hôpitaux proposés par
» l'Académie ?....

L'Assemblée a applaudi à ces Observations, & l'article impératif a été ôté du Cahier.

F I N.